磨铁读诗会
xiron poetry club

朝向圣洁的一面

宇向 著

江苏凤凰文艺出版社

图书在版编目（CIP）数据

朝向圣洁的一面 / 宇向著. -- 南京 : 江苏凤凰文艺出版社, 2024. 9. -- ISBN 978-7-5594-8714-8

Ⅰ. I227

中国国家版本馆CIP数据核字第202459Q78F号

朝向圣洁的一面

宇向 著

责任编辑	曹　波
特约监制	里　所
特约编辑	里　所　方妙红　后　乞
装帧设计	艾　藤　Teng Yi
出版发行	江苏凤凰文艺出版社
	南京市中央路165号，邮编：210009
网　　址	http://www.jswenyi.com
印　　刷	河北鹏润印刷有限公司
开　　本	880毫米×1230毫米　1/32
印　　张	5.5
字　　数	89千字
版　　次	2024年9月第1版
印　　次	2024年9月第1次印刷
书　　号	ISBN 978-7-5594-8714-8
定　　价	55.00元

江苏凤凰文艺版图书凡印刷、装订错误，可向出版社调换，联系电话025-83280257

自序

这纸的肉体,没有指南针

写作像一种"离开"。常常,写作就是一种"离开"。在夜晚睡去,一次宁静、安详的"离开",是我想到的现实中最好的"离开"。在白天和有灯的夜晚,"离开"显得生硬。也许因为写作总带有尖锐,且越成长,磕痕也就越多,"离开"便含有一种特殊的修补。

我忙于修补自己

为不断有纸伤,而过程缓慢

用纸指头,曾经

它被作业本的一页划破

一道红留在那

和红圆珠笔的批注挨着

(《图书馆》)

加一个逗号，去掉一个括号，这样更通透一点么？写作使人通透些了么？我不确定。"离开"从来都不能被时间和空间限定，"离开"不是一目了然的，不是立刻的，也不是绝对的漫长，"离开"是有针对性的，在这个意义上，"离开"几乎是写作的全部。更确切地说，它引导我进入"全部"，当感受到"全部"即将来临，似乎关闭电脑就可以安心睡去了。

一方面，能感到一些文字正在不远处开凿一条暗道。另一方面，年龄愈长，愈不愿给自己安排任务，且比缓慢又慢了几步。生命之轮就转动在一首诗通透了一点点的时刻，就在这蜗牛般写作的过程里，在这样写作的暂息之中。

再等一会儿（在犹疑着）。再通透一点（在理解着）。理解只在问题里，愈相对通透并带有异质性的问题愈能刺激个体触及深层理解。每个写作的人都知道，写作是个人的事，其意有一：在写作里可以坦然面对人们闭口不谈的事。

关键的写作是易碎的。是可撕毁的，不写的。关键的写作也是被某些人避之不及的。因它打扰了那些随时会打扰你的。因读它的人像坠入黑洞（巴塔耶）。因它是劈开内心冰封的利斧（卡夫卡）。

他们用脆弱、废弃的纸

建房屋
用揉皱、抹黑、易碎的纸
建避难所
在纸的重灾区
建厨房、博物馆、桥梁、剧毒柜、剧场
一片片阴影
(《图书馆》)

清晨醒来,读到一则死亡消息。这是一个在生前不愿意忘记任何事情的人,他希望留住自己和其他人的生命与记忆。

一个喜欢收藏木乃伊的赌徒看重他的作品,于是波尔坦斯基说:"你不如收藏我的生命吧。"这是一件真实的事,这件作品是《克里斯蒂安·波尔坦斯基的人生》。(他成长过程每个时期的面孔,以及之后他每一天的工作和生活,以投影的方式展示给公众。)

这是醒来的事。心跳博物馆的主人收集了12万人的心跳声。我点开他的一件声音作品《烟囱内波尔坦斯基的心跳》,空旷的传声道里存放着一个人像被党卫军的皮靴踏在上面的心跳声……这感受是我内在经验和他的作品合作而生的。那有关另一种死的肃穆一下席卷了全身。那是他的心跳,也是另一个人的心跳。

这是醒来的事。频道被播转到要消灭语言的语言里,被篡改的死亡里。这是惊惧与畏惧在写作。其意有一:畏惧于要如何小心翼翼地去触及——写的"惊惧"与被写的"惊惧"。艺术家说,"那些死亡还活着"。这个达观的艺术家还说他的作品讲述的不是历史,而是神话。

而作为"离开"的写作,包含对"被篡改的离开"的记忆与修复,依然是一种无限靠近而不能抵达的。

有多少写作的、做艺术的、拍片的人表达过做作品如同祈祷这层意思呢?其间的专注、倾听、传递、投身而非索取,谦卑而非自辩,具备祷告的效力。

设计师用光滑、空心的纸管
做神殿的立柱
建与被毁的教堂同等大的纸教堂
……

这里是纸的所有
家园在纸上
祷告在纸上
文字离开时
人们还在纸桌椅前读、写、发呆
在纸的刑具上忍受着痛苦

在纸的命运中

盯紧死亡

(《图书馆》)

　　人类流着血,排泄着,一路走来。似乎活着本身就是一种哀悼了。这毕竟是醒来的事。活着,要么受苦,要么无聊。无常蕴含在正常里。写作就是面对这无常、悖论、荒诞。而能够书写的,一定是深刻感受着的。秘密是,更深刻感受着的是无法也不能书写的。如此,写作是否亦是一种神话?

　　到处飞舞着难以辨认的字,又或者一些分明的字与词飞舞着来敲击你、呼唤你,你一时不知选择哪一个。又到处是书写的事物,到处也是可以书写的事物,给每个个体以不同的剖面。你看,"夜晚的天空布满了月亮/只有一个月亮是明亮的"(《月亮》)。你看,"它们框住了流动的风景"(《窗》)。之前,你并不知道在哪一刻又会是哪一个与你投合,作为你"离开"的援手。

　　你总能轻易分辨出家人以及朋友他们各自不同的声调。唯有秘密在静寂里。所以,写作有时仅仅是随年月流淌出来的自己的声调。

这不可挽回的年月怎么变?没人能逃脱

指头被纸划破

这全部的所有是一座图书馆它始终如一：

这纸的肉体，没有指南针

(《图书馆》)

  写作的人依然写着，走着，走着如同逐步长出的路。这行走是一件苦活。写作就是不知道会走到哪一步，不知道自己写出的将会是什么，所以，写作是去理解写作是什么。

  感觉无法描述，这些字带给不同的人不同的感觉。就像你写下一个"杏"字，有人想到颜色、大小，有人想到塞尚，有人看到就会酸出口水。这首6年前的《图书馆》进入这两日的文字，而这些文字却不是用来读解这首诗的，有些感受和境况唯有以诗来理解。这些字也不能讲述一首诗的原委。

  我似乎可以描述它和我类似形式的诗的形成过程的感觉。比如一棵大树，枝丫伸展，不以常态，一条枝丫先长出来，而另一条自后面遮蔽了前面的；比如蛛网，也非常态蔓延或相接……在几个不同时间闪现的点，又在不同时间相互碰撞、归位或移动，呼应、躲闪、相照，经过缓慢、繁复的过程，有机的关系在暗中形成，它得以自我成长，同时也给予我难言的超越感。它们形成的过程以及给予我的馈赠更像是我经历的一种场景：

在童年的夏日和学生时代的暑假，仰身于海岛夜晚的净土，星空便是一个人的了。而到城市里，它们稀少黯淡，不知不觉中被尘埃埋葬。成年后只能在某些旅途中重复这不可或缺的身心必要。这变得奢侈的必要原本极简，几乎没有辨认星和星座的意愿，也不想架起望远镜，甚至很少带念头。那极简是自己生命本初必要的深度宁静。2017年的寒假，我与家人到西双版纳避霾。失去干净的空气已经太久了，夜晚便不忍睡，在阳台发呆。也许连续十多天我一个人在人间沉睡的夜晚这样独坐，接续上了那宁静的归属，夜空为我打开。

"某颗星在闪／某颗只是亮着"（早年长诗《给今夜写诗的人》）。有什么轻触皮肤，一颗刚才不在的星一下子浮了出来，如同世界翻过去一页，就这样一颗又一颗，显现或者一下子蹦出来。我一定被应许融入了这样的创造：

天赐一个明亮的夜晚，而我，被置于一天中最黑的时刻同时又是最明亮的时刻，我离开了时间和空间。

一生中有幸触及一两次如此的超越，在那瞬间不依赖任何物质，不动心念，待着，无用并置身空无。

我喜欢有如此质地的诗，它们使我感受着这样的感受。这与我很多戛然的顿悟般的直接的诗带来的感受是不同的。当然我也喜欢另一种感受。我感受着这生命持久苦役中闪现的回复。

　　那个夜晚瞬间又漫长。

宇向

2021|07|14

2023|09 修订以代自序

第一辑

阳光照在需要它的地方

003　理所当然
004　我的房子
006　街头
007　8月17日天气预报
009　她们
013　远处发生的事情
014　所以你爱我
018　遮挡
019　深夜的房门和那使我忧伤的人
021　自闭
023　低调

024　月亮

025　圣洁的一面

026　寂静的大白天

027　走神

028　痛苦的人

030　慢慢消失

031　钥匙在锁孔里扭

032　我真的这样想

033　口袋里的诗

034　阳光照在需要它的地方

035　其他的事情

036　像人一样

037　你滚吧，太阳

039　2002，我有

041　世界

042　精神病人的鸡

043　半首诗

044　上帝造人

045　老情人

046　你，你们

048　3点08分，我醒来

049　我几乎看到滚滚尘埃

第二辑 女巫师

053　医生情人

055　苍蝇狂想曲

057　腐烂的，新鲜的

058　女巫师

060　撒旦

061　给今夜写诗的人

077　如果我，今天死去

078　在关闭的屏幕上，你看到

079　我离开的地方还在摇晃

080　信

081　我的诗

084　水平线

086　欢迎来到不死的农庄

088　康德在下

090　视灵者

092　你走后，我家徒四壁

093　在石头下面

098　我曾侍候过本笃十六

100　奢侈

102　她的教堂

104　远

106　每一个真正的人

108　骨头王国

111　最后的女巫

112　黄金的传闻

115　泊

117　善意的世界

119　劈柴

120　在产房

122　羁绊

124　你知道我是谁

128　END

第三辑 幸存史

131　误读

133　预兆

135　没有你

138　生在秋天

140　两个套盒

141　泪树

143　要害之地

145　心

147　拥有它

149　残酷的画

151　幸存史

153　水獭救助者

第一辑

阳光照在需要它的地方

理所当然

当我年事已高　有些人
依然会　千里迢迢
赶来爱我　而另一些人
会再次抛弃我

2000|01|17

我的房子

我有一扇门,用于提示:
当心!
你也许会迷路。
这是我的房子,狭长的
走廊,一张有风景的桌子。
一棵橘树。一块煤。
走廊一侧是由书垒成的,
写书的人有的死了,有的
太老了,已经不再让人
感到危险。
我有一把椅子,有时
它会消失,如果你有诚心,
能将头脑中其他事物
擦去,就会在我的眼中
摸到它。
我有一本《佩德罗·巴拉莫》,
里面夹着一缕等待清洗的
头发。我有孤独而
稳定的生活。
这就是我的房子。如果

你碰巧走进来，一定不是为了
我所唠叨的这些。
你和我的房子
没有牵连，你只是
到我这儿来

2000|06|12

街头

顺便谈一谈街头,在路边摊上
喝扎啤、剥毛豆
顺便剥开紧紧跟随我们的夏日
它会像多汁的果实,一夜间成熟
又腐烂。在夏季

顺便剥开紧紧跟随我们的往事
还有那些黑色的朗诵
简单的爱
就是说,我们衣着简单,用情简单
简单到遇见人
就爱了。是的

顺便去爱一个人
或另一个人,顺便
把他们的悲伤带到街头

2000|07|08

8月17日天气预报

各位观众,大家好!
现在向您播报今夜和
明天的天气状况:
23点至凌晨3点左右
两条在黑暗中
交媾的蛇将降临泺源大街,
它们经常尾随刺客入室
请该街的住户关好门窗,
同时《幻想即兴》会随风起舞,
并伴有W形闪电。
请大家上网时注意东经40,
北纬117.9的逆向时速,
一定避开后现代女权思潮。
另外,明晨气温将继续下降,
处女膜修补术、
男性生殖器二次发育液
将同西伯利亚寒流一起
从报纸中缝向偏南方向移动,
并在泉城广场上空停留,
短时有流星雨,

提醒大家注意防范爱情，
不然幸福会令你吃尽苦头。
今天的天气预报播送完了，
谢谢收看

2000|08|17

她们

又黑又瘦。小米和小拿。
像两块爬满海蛎的礁石，
膝盖是突出的身体。
我们一起过家家、踢沙包……
打架，然后和好。
童年，在美丽的马卜崖村，
还有姥姥和满山鲜红的野玫瑰。
七岁。我回城上学。
离开她们。

张溪。小学同学。
那时我常受人欺负，
被骂成"乡巴妮儿"。
每次，她挺身而出，
像个男孩子，
保护我。三年级，
她因肺炎休学一年，留了级。
我天天想她，却不敢见她。
我自卑。她是我心中的英雄。

梅。远房表姐。在另一座城市。
1983年，一个星期六
她骑车去少年宫画画，
被一辆卡车碾断右臂……
后来，她试着用左手拿画笔。
1985年春，我去找她，
姨淡淡地笑：梅在郊区
一家精神治疗中心，
那里风景怡人。

初中时，我和泳泳住得很近。
一起上学，一起暗恋语文老师。
我们撕碎物理和数学课本，
纸片雪花般落向女校长的额头。
我们被编到后进班，
梦想长大成为作家。
现在，我靠数学糊口。
她生活在德国。商人。

贝芬。同桌。高中二年级时，

我收到一个男生的情书,

贝芬手里也有一封,

内容一字不差。

这种情况,经常发生。

我们便恶作剧,折磨他。

他中途转学。

她从此萎靡不振。

三年前,我听说,

她吞下一瓶阿司匹林、四十片安定。

实习时,认识一个女工。

名字,已经记不起来。

二十七八岁,躲避异性。

她总是一手捏着一支发光二极管,

一手握住电烙铁,

比比划划,向我传授人生指南。

我离开那个工厂后,

非常怀念和感激她。

托人找她,可她说,

不认识我。

晓华。同事。短发。简单。
易被打动。
一次，在她还我的《××之死》里，
我见到一滴泪痕。
今年夏天她去游泳，淹死在池子里。
如今，我仍不忍下水，
氯气、漂白粉化合了我的鼻息。
我常见到她的男友，
一个悲伤的男孩，
仿佛她留下的那滴泪痕。

我再也没有见过她们，
常常期待
在一个明朗的下午
遇到其中的一个

1999|11|07 初稿
2000|10|21 定稿

远处发生的事情

除了环绕我的墙壁

我手无寸铁

它们挡在我面前

映着远处发生的事情

一面摸上去冰凉

一面充满嫉妒和敌意

一面用扇动的窗子逗引我

还有一面,它的门像嘲弄的嘴

每一面墙上都有我

有远处发生的事情

当我走向墙角就被一分为二

如果有人敲门我就支离破碎

天花板藐视我

我什么也踩不住

我踩不住地板

我害怕它,它上面的脏袜子、废纸团儿

以及远处发生的事情

2001|03|07

所以你爱我

(for you)

深夜 12 点,你已睡去,而我还在电脑前,敲下这些字句。
所以你爱我。

一整年,你看到雪穿过窗缝,炉火也积聚着冷。
所以你爱我。

你步行穿过我少年的花园,即便赤脚,也能听到蚂蚁的尖叫,而周围没有一丝风。
所以你爱我。

也许你写作,最好写诗一样的小说,不相信宗教,不相信政治……不去具体命名任何事物。不相信爱情。
所以你爱我。

一天,你想起儿时在养马岛,海潮将叔父的尸体和一条渔船的残骸一遍一遍冲向海崖,后来,那声响经常在你噩梦中充当一种敲门的方式,而当时,你正在和小伙伴们玩一种叫作"拔油油"的游戏。

所以你爱我。

梦境使体液宽广,思想得以自由,唯有时钟同入睡前一样,沉默不语。

所以你爱我。

你不停地看《猜火车》,迷上了酒精和班长。他们同样霸权。

所以你爱我。

夜晚,你在伤心中饮茶,并和S一起观察了一会儿茶叶沫子,当时没有点灯。

所以你爱我。

你在某处街灯下行走,白天在阳光下行走,

都没有见到自己的影子。
所以你爱我。

我们曾经面对面，住得很近，不相识的日子
　　却蛇一般漫长。
所以你爱我。

30 岁以后，你看到往事已不再是夜空中的星
　　星，它们有理由像螃蟹一样横行于黑沙滩，
　　就掏出被旧恋情伤害的心。妈妈说，该成
　　亲了。
所以你爱我。

该成亲了。呵呵，你以抓阄的方式爱上了我。
所以你爱我。

我的爱取决于你。
所以你爱我。

你走路很慢，因为你老了，所以你爱我。

我说：那么，来吧。

2001|03|14

遮挡

我的脸,过于大了
我只好留些头发遮挡它
即便在炎热的夏天
我也不便束起头发
我还有过于大的眼睛、鼻子和嘴
它们轻易泄露着我的生活
它们很大胆
而我的脸足以遮挡它们
我的脸遮挡我眼睛的斜鼻子的大
以及我讲话的缺陷
如果我的脸足够美丽
还能遮挡我褊狭的心

2001|07|25

深夜的房门和那使我忧伤的人

深夜我醒着,想一些
应该忘掉或虚构的事
我醒着,想昨夜做的那些梦

我所想到的这些都充满忧伤

我醒着,因为我忧伤
那使我忧伤的人没有来
叩响我的房门

也许他就在门外
在门外焦灼地徘徊
和我一样徘徊在深夜里

深夜的房门隔开了我们

现在,我醒着,想念并等待着
那个人。现在,我唯一应该做

但没有做的是:

打开深夜的房门

2001|09|12

自闭

1
一只眼跟着另一只眼出神
另一只接着忧郁了
它们长在同一张脸上
发散出同样的幻觉
只是一只看不见另一只

2
当我口渴
我会需要一张嘴来湿润
湿润并说服我
而平时我的嘴唇毫无血色
几乎与我的肤色一样
我任由它这样,从不使用口红

3
我染发
无聊和惊恐,一遍又一遍
我染那些可以随意剪掉的

染到枯黄枯黄枯黄
我还在染,听到有人说
这个人就要消失了

4
当我老了
寂寞是我一身的皱纹
孤独就是我小腹的刀疤
它使我不敢宽衣解带
不敢与人相爱

2001|09|29

低调

一片叶子落下来

一夜之间只有一片叶子落下来

一年四季每夜都有一片叶子落下来

叶子落下来

落下来。听不见声音

就好像一个人独自待了很久,然后死去

2001|11|09

月亮

夜晚的天空布满了月亮
只有一个月亮是明亮的
而我的月亮一定不是那个明亮的
我的月亮改变着那一个的形状
让它由圆变弯再由弯变圆
有时，它遮蔽它
它的四周就发出毛茸茸的光
像一圈无助的婴儿的手

2001|11|13

圣洁的一面

为了让更多的阳光进来
整个上午我都在擦洗一块玻璃

我把它擦得很干净
干净得好像没有玻璃,好像只剩下空气

过后我陷进沙发里
欣赏那一方块充足的阳光

一只苍蝇飞出去,撞在上面
一只苍蝇想飞进来,撞在上面
一些苍蝇想飞进飞出,它们撞在上面

窗台上几只苍蝇
扭动着身子在阳光中盲目地挣扎

我想我的生活和这些苍蝇的生活没有多大区别
我一直幻想朝向圣洁的一面

2001|11|18

寂静的大白天

没有水流声,没有咳嗽声讲话声呻吟声
楼上没有行走和东西落下来的声音
没有人洗脚、扫地
窗外没有汽车声,没有卖东西的声音
小孩不哭,没有风声也没有树叶落下来的声音
没有落下来的声音
这种情况发生在一个大白天
当时我的心悬在半空,没有落下来

2001|12|01

走神

我喜欢长时间盯住一样东西
比如一个小孩在吹肥皂泡
我盯着看,直到它啪的一声破碎了
接着无影无踪

我总是长时间地盯住一样东西
比如我正在抽的这根烟
我看着青灰的烟雾缠绵着向上飞去
最后就不见了

我一直盯住一样东西
我喝啤酒,跟认识的和不认识的人
我盯着喝着迷人的啤酒
我多希望成为啤酒,一下子流进别人的身体

我喜欢盯住一样东西看
我喜欢盯住那些转瞬即逝的东西
却不知道有人也正是这样盯住我的

2001|12|02

痛苦的人

镜子中的那个人比我痛苦
她全部的痛苦和我有关
她像为挑剔我而生
像一个喜好探听别人隐私的婆娘

她找到我的毛病
新长出的一道皱纹或者一根白发
一颗虫牙以及她来不及躲避的
呵到她脸上的口臭
唉。腿太粗,屁股太大
毛衣上少了一枚纽扣
鞋子与衣服不配套,围巾太花
这发型不适合这张脸
唉。这张脸不化妆,经常哭。发脾气
懒散,抽烟,酗酒,喜欢男人
她为这些而痛苦
为不知道一个表情是饿得眼冒金星
还是感冒发烧还是为落入情网而痛苦
她为我盯住她看而痛苦
为我不理睬她而痛苦

为我用洗地板的抹布擦她的身体而痛苦
唉。我痛苦的时候她痛苦
我快乐的时候她也痛苦

镜子中的那个人比我痛苦
她为与我一模一样而痛苦
为不能成为我而痛苦

2001|12|09

慢慢消失

有人拨动琴弦
但不是我在抒情

有人吹口哨
但不是我喜悦

一个女人在哭
不是我的悲伤

一个女人在呻吟
不是我在爱

一个母亲打孩子
不是我的暴力

一个人死了
那是我的温度在慢慢消失

2001|12|22

钥匙在锁孔里扭

锁门时，向右转三圈

开门时，反过来转三圈

下班回家我开一次门

倒垃圾开一次

拿牛奶开一次

马桶堵了，开一次门

一个人来了开一次

一个人走了开一次

到楼下哭，开一次门

天黑以后去见一个男人

我又开了一次门

……

这些不能说明我忙碌、忧伤或多情

你知道的，你知道

我只不过喜欢平常的生活喜欢通畅的感受

喜欢钥匙在锁孔里扭

2002|01|15

我真的这样想

我想拥抱你

现在，我的右手搭在我的左肩

我的左手搭在我的右肩上

我只想拥抱你，我想着

下巴就垂到胸口

现在，你就站在我面前

我多想拥抱你

迫切地紧紧地拥抱你

我这样想

我的双手就更紧地抱住了我的双肩

2002|01|16

口袋里的诗

一首诗放在口袋里

如果挨着钥匙

它会和钥匙链一起发出不安的声响

如果和硬币在一起

也不会变成钱

它更像糖,变黏并散着甜味

如果和纸巾在一起

它会被揉皱并磨烂了边

如果和另一首诗在一起

我想象不出怎样

但如果它挨着避孕套

它们就形影不离

这多叫人高兴

只有它们是为爱情留在了那里

2002|01|29

阳光照在需要它的地方

阳光照在需要它的地方

照在向日葵和马路上

照在更多向日葵一样的植物上

照在更多马路一样的地方

在幸福与不幸的夫妻之间

在昨夜下过大雨的街上

阳光几乎垂直照过去

照着阳台上的内裤和胸衣

洗脚房装饰一新的门牌

照着寒冷也照着滚落的汗珠

照着八月的天空,几乎没有玻璃的玻璃

几乎没有哭泣的孩子

照到哭泣的孩子却照不到一个人的童年

照到我眼上照不到我的手

照不到门的后面照不到偷情的恋人

阳光不在不需要它的地方

阳光从来不照在不需要它的地方

阳光照在我身上

有时它不照在我身上

2002|01|30

其他的事情

现在，我用玉米面熬一锅糊糊

有人说做糊糊很简单

我不这样认为

因为，它总使我想起其他的事情

做糊糊时要不停地在锅里搅

不管怎样搅

正搅 反搅 胡乱搅

就是不能停下来

不能想其他的事情

只要一停，玉米面就会粘到锅底

其他的声音传到耳朵里

其他的事情也一下子涌现

2002|02|05

像人一样

很多东西在黑暗中像人一样
像那些坐着的站着的趴着的蹲着的蜷着的起伏的
　正在行走的
摆出各种姿势的人一样

在黑暗中所有的东西都像人，像人一样

像人一样惊吓你

比如树木座钟马桶扫帚空椅子有缺口的墙和石头
还有虚掩的窗户一大堆书一摊血迹或尿迹
以及一个或两个待在黑暗里的人

2002|02|06

你滚吧,太阳

一个瞎子对我说

你是个能看得见的人
但你不比我更知道太阳
太阳在我周围
它不只在我的周围
太阳在我的上下左右滚
太阳在我的身体里面滚
在我的指缝间
我知道一口吐向我的浓痰
童年猥亵我的老头
他松懈的皮里面藏着从我身上揉下的泥棍
你滚吧　太阳
在每个羞辱我的人的鞋底
我老了　每一天多么宝贵
我瞎了　我说着太阳
我知道的太阳是个没皮的蛋
我咬它　让它有用
我摸它　让它流淌

我叫它滚　我知道
它还会来

2002|02|21

2002，我有

我有一扇门，上面写着：
当心！你也许会迷路
我有几张纸，不带格子的那种
记满我没有羞涩的句子
而我有过的好时光不知哪里去了
我有一个瘪瘪的钱包和一点点才能
如果我做一个乖乖女
就会是一个好女儿、好公民、好恋人
我就丢了自由并不会写诗
而我是一个污秽的人，有一双脏脚和一条廉价围巾
这使我的男人成为真正的男人
使他幸福、勇敢，突然就爱上了生活
我有一个真正的男人
我有手臂，用来拥抱
我有右手，用来握用来扔用来接触陌生人
我有左手，我用它抚摸和爱
而那些痛苦的事情都哪里去了
那些纠葛、多余的钥匙环和公式
我有香烟染黑肺、染黄手指
我有自知之明，我有狂热也有伤口

我有电,如果你被击痛你就快乐了
我有藏身之处,有长密码的邮箱
我有避孕药和安眠药
我有一部电话,它红得像欲望
我有拨号码的习惯,我听够了震铃声
为什么我总是把号码拨到
一个没人接电话的地方

2002|03|04

世界

今天世界上几乎没有人

一出门就这样

天阴着就是我的心情

我把我看到的那部分叫作世界

所以它有时大有时小有时什么也没有

我把所有的东西都叫作世界

我就是这样的人

今天雾气很重,到处灰蒙蒙的

如果有人站在这里面

一定不是要把每样东西分辨出来

而是让他们更模糊

让自己更模糊

它散光,像被烟雾和毛发铺盖着

它阴着,所以它吸引阳光

一个孩子走来,拉开了弹弓

但是孩子你在外面你是想象的

你不可能打碎它

它不但是我的世界还是我的眼睛

2002|03|05

精神病人的鸡

精神病人养了一只鸡

不分昼夜地叫

又干又响

我仔细听过,听不出感情色彩

每天它谨慎地走,从不飞出围墙

它谨慎地走,它没有窝

它不停地走,不停地吃羽毛和土

我喜欢它,并找出我们共同的地方

心不在焉、无所事事、冷漠,喜欢干嚎

对世界不感兴趣

像个自闭症诗人

交往幽灵但不虚构生活……

我喜欢看它

我从来不知道它是否注意过我

只有精神病人每天满怀敬意地收拾鸡屎

2002|03|17

半首诗

时不时地,我写半首诗

我从来不打算把它们写完

一首诗

不能带我去死

也不能让我以此为生

我写它干什么

一首诗

会被认识的或不相干的人拿走

被爱你的或你厌倦的人拿走

半首诗是留给自己的

2002|03|18

上帝造人

上帝当然要先造一些人上人
以免人类迷失方向
当然要选用最好的材料
以使他们美观而坚固

之后上帝造好多好多平常的人
用剩下来的材料
造那些高矮不齐肥瘦不等丑俊不一
智慧的笨的麻木的精明的人

最后剩下渣滓、粉末
和他满是汗水又黏又脏的手
我们的上帝是勤俭的,他要造完最后一些人
那些污秽的和易碎的人

2002|04|06

老情人

如果你的啰唆还没让我

联想到你松垮的皮肤

如果你的内脏还没让我

联想到给闹钟上弦

如果你口袋里装着避孕套

而不是小药瓶

如果你热爱啤酒和黑夜的街头

如果你会随时抛弃我

而不是对我紧追不舍

对我的肉体紧追不舍

如果你伸过来的手

没有凌乱的老年斑

如果你面对我的表情

不是恬不知耻的表情

如果你不把我当成你的青春

（这多像福利彩票

廉价买来的希望）

如果——

我就不会厌倦你

我就赞美你、期待你

2002|04|28

你，你们

这就开始写你

有些犹豫不决

犹豫不决明天用不用把你揣在兜里

或者将你示众

你会有一张什么样的脸面

你张开嘴巴会吐露什么样的肉皮和话柄

要一张嘴巴能不能说服我

要一双眼睛在我有病时看望我

要一只鼻子永远指着前方

脚在地上，手在空中

你是不是像我一样，什么都像我一样

——不知道什么是自己

——绝望的时候就毁掉一切

——即将为臭水沟、尾气

狭小的卧室、克隆人、核武器、氧吧

为后后后现代、为人群

生儿育女

现在，我跟你说话

我写你、看你再摸你

我不吞下你

我钻了什么样的空子

乖巧地只在诗歌中犯罪

可我再也不愿把你写成诗歌

当我写完你

我没有本领写完你

你和我幽闭已久的灵魂相像

是出去走走呢还是到空中抖一抖

当人们见到你们就叫你们幽灵

2002|05|20

3点08分,我醒来

3点08分,我醒来
使我醒来的不是一场噩梦
使我醒来的不是任何一场梦

使我醒来的不是我的身体
我不口渴也不想小便
我的身体轻松,轻松得就像刚才没有睡觉

使我醒来的不是马桶的回水声
使我醒来的不是任何一种声音
当然也不会是钟表的嗒嗒声
我的电子表只发出淡绿色的微光
3点08分,四周漆黑一片

11月29日3点08分使我醒来的是什么
那穿过树林公路河流穿过张家李家穿过门窗
冰箱打字机穿过摇椅
穿过漆黑一片,通过一块小小的电子表
使我醒来的是什么

2002|11|29

我几乎看到滚滚尘埃

一群牲口走在柏油马路上
我想象它们掀起滚滚尘埃

如果它们奔跑、受惊
我就能想象出更多更大的尘埃

它们是干净的,它们走在城市的街道上
像一群城市里的人

它们走它们奔跑它们受惊
像烈日照耀下的人群那样满头大汗

一群牲口走在城市马路上
它们一个一个走来
它们走过我身旁

2002|12|20

第二辑

女巫师

医生情人

不管你从事什么职业

跟我好了以后

你就是医生情人

不管你注视过多少迷茫的眼睛

拔过多少牙齿

堵过多少洞

取出多少肉瘤

捏过多少硬块

向深处——

插入硬的手指，钳子、针头、木锉

软的手指，药棉、膏剂

不硬不软的，粗的细的管子

还有一大堆凉手指

量杯、尺子、测厚规、舌头

向更深处——

启用透视仪、头镜、小手电

假如没有表情

你会是个好医生

撕毁多余的药方

我需要你的敬业态度

我需要你的职业经验

你曾使一些病人偏瘫、抽筋、痴呆甚至死亡

太多失败的手术，是由于你

混淆了精神和肉体，你不该去触及神经

并把它误认为是灵魂

这接近心理医生的罪，科学压制艺术的罪

法律的罪。规矩从不产生奇迹和美女

心理医生不是医生

我需要你娴熟的手艺，不是怜悯

如果你考虑我是否会痛，手术刀

就会划错地方

不要问我以前的病

跟我好了以后你不许再花心

医生情人，此刻我看见：

你摘下口罩和医用手套

你正在以新的行动

抹去以往放荡的名声

你正走过来：

身穿黑大褂，提着一袋子闪亮的刀

2003|05|27

苍蝇狂想曲

走进饭店后院

一阵黑冰雹

密集地砸过来

又硬又亮的盾牌肚皮

黄水晶圆玛瑙的头

人还没有反应过来

有一些已经弹了出去

落在毛皮残缺的一堆断羊腿上

那是猎人用扭曲生锈的铁丝网

罩住猎物

另一些又粘了一会

在人的袖口 衣领 脖子 脸 眼睛周围

用细长的腿或者舌头

（已经分不清是腿还是舌头）

有几个钻进头发里

以为找到了它们的黑丛林

你驱赶，它们就更多更凶猛

碰撞 纠缠 紧逼 不顾一切

呻吟——

这是高原上的声音

这是最野蛮的爱：

——敌对，亲吻

2003|06|02

腐烂的,新鲜的

阳光直射的中午
我蹲在阳台上择韭菜
手指上粘满绿色的浆液
和褐色的土
我折断粗茎
分开腐烂的和新鲜的菜叶

腐烂的和新鲜的
都再也不能重生

几只苍蝇和一只黄蜂
在菜叶上面飞,哼叫着
瞪着七彩的眼睛
它们喜爱浓烈的腐烂气味
它们的刺是被这正午阳光加热的
滚烫的针

2003|06|03

女巫师

我高龄。能做任何人的祖母
当我右手举起面具
左手握住心,我必定
货真价实。拥有古老的手艺
给老鼠剃毛。把烛台弄炸
被豹子吞噬。使马路柔肠寸断
分崩离析那些已分崩离析的人
我懂得羞涩的仪式
会忍痛割爱。当太阳自山头升起
照耀舞台中央的时候
我就是传统,无人逾越
当我把祭器高举
里面溅出幽灵的血。是我
在人间忍受着羞辱
我是思想界最大的智慧
最小的聪明。调换左右眼
就隐藏了慈悲和邪恶
而在每一个精确的时刻
我到纺织机后配制泪水
把换来的钱攒起来

现在我打算退休

成为平凡无害的人

2005|01|09

撒旦

一生我做一个祷告

配置我。使用我。一个完美的奴隶

但我的主仍未察觉

我变得如此具象,忠实如狗

所以我,仍被弃置

不,这也是谎言

我被逐步引入暗处

潜心追求真理

2005|01|09

给今夜写诗的人

今夜，我无心伤害你

你的某个句式

某段精神

某个壳

为我试穿

在你身上

它们消失

……

某个任意修剪的领口

某条边，某根线

（你的刃，我的力）

它逼出来的颜色

涂花了格子

一页稿纸

一个纽扣

它撑破扣眼

口袋里的诗

再次扔进洗衣机

今夜，你的梦想、你的鞋带

在睡眠里

你的外衣、手套

你缺血的心肌

在梦游里

像童年透过玻璃糖纸的

橙红落日

给你一个被角

你咬住

一个避难所

你在。温度也在

今夜，给你洗脚水、安眠药

某颗星在闪

某颗只是亮着

其余一片黯淡。窗外

是睡着后的人间

是月光的薄

在你的棉絮里

没有水的玻璃杯里

今夜，给你牙齿和肺

在你的鼾声里

给你故事

在你的结局里

更多的人睡着

动作一致

生活也千篇一律

某段时间

锈住的钟

某片干裂的唇

在你的祝福里

给你祝福

祝福父母

他们手掌宽大

爱抚你

再伤害你

今夜,某个

被雨水砸死的少女的臆想

在孤儿的执拗

在剥落的干鼻涕里,泪水

将灰土划出小沟

今夜,给你想象中的孩子

脸蛋是问号

鼻子是尖头

前方是

你的父亲

没有低下头来

看你的脸

给你半夜的鸡叫

不给你弹奏音乐

不给你花朵

给你把雷声听成咒语的耳朵

把光线看成雨水的眼睛

给你怀疑

信仰的混乱，不给你

解释。给你魔方

在单调的过程里

你在，阶梯也在

你用去三十年

爬不上去就给你

下来的快感

给你美食、健身和成人游戏

给你别人的生活

别人的名字

别人的大衣

别人的情人

别人的母爱

别人的荣耀

别人的哭泣

别人的死

我的时间

就是你的

给你使用过的旧家居

不给你安睡的亲人

给你键盘缝隙间狂长的杂草

给你烟灰

在今天,黑夜

是一整年雪穿过窗缝

是杯子

接住窗檐的冰渣

将指头叮当混响

今夜

给你铁皮盖屋顶

给你昨夜的雨加雪

给你无声的雨雪

在铁皮屋顶上有声的着落

给你看过多遍的小说

在你的重读里

给你这些不是为了

给你孤独

你已厌倦乌苏拉

和她延绵不绝的子孙

在灵魂和躯体之间

给你高潮

你随手揉成了纸团

给你一片大海

你翻身睡成浩荡的虚无

今夜,给你药

给你地大物博的谎言

给你用于性幻想的明星和诗人

给你他们的名字

给你浅色床单上

美人的空洞

给你一把椅子上

丰腴的臀迹

谁多次站起来

又坐回去

某把椅子

满载过去

你陷进别人的命运里

某人才离去

狗跟着他

在扭动的影子里

今夜，你拨不通的号码

是我给你的

深夜，在遥远火车的长鸣里

给你漫长阅读中的尿意

纸叠的火车

打口的CD

在播放器里颤抖

如某个被电击的人

某个女人

寻找失落的小薄块

声音嘶哑

一生的时光等你挥霍

今夜

给你分裂的身体

给你背后的砖

给你拼凑、粘贴

某年的碎尸

给你泥泞

踩

某个死人的叹息

为了爱一个人

你成了最坏的人

为了壮大家园

你娶了另外的女人

给你刀疤握在手里

给你首饰映在胸口

我给你的风帆

你扬起了尘土

给你鸟粪

在帽檐上

给你的灯绳你把它

拉断在光明里,把它

留给你的醒

今夜,写一个词

翻译后就成了它的姐妹、情人

抑或淫乱的表兄

写一行诗

是未来诗句的祖宗

一行诗的意思是

你最好与我保持平行

你最好

与我保持距离

不要与我长短一致

不要与我保持平衡

今夜

给你与我的交叉

不是交错

我曾给你我痴迷的诗人

他向晚年接近

比我们超前

今夜

在好与坏之间

我为你备了好

在我的吝啬和自私里

今夜

给你安全给你好

给你醒着的梦

给你午夜的街头

醉话、黑夜汽车的大灯

刹车声声

不给你深夜的房门

以及锁孔的位置

给你文化东路 76 号

5 号楼 5 单元 201 室

正被掀动一角的窗帘

给你一个新生儿的无辜

在一首诗结束的日期里

给你

与你同睡的心愿

以及通往他们的道路

给你玻璃的黑

镜子的背面

电脑屏幕的静电

给你日记本、钢笔

门把手、水龙头、皮毛

日历、传单、小爬虫

细菌、纯净水

消毒剂、精液

以及擦拭它们的抹布

今夜

某棵树经过你长高了

某阵风经过你散乱了

一些灯光、月光、荧屏的光

也经过你，落在你的影子上

努力又仔细

今夜

给你一座城市你终生不再离开

给你祖国的名字

它从未出现

在地图上

给你不远处迪厅的暴动

给你解码机

忘记的记忆

那些存折、邮箱

在角落里

你无法废弃它们

今夜

给你骨灰盒里的灵魂

也给你床上的身体

总有一枚月亮

是用来想象清晨的

想象突如其来的光线

照向省府大街

没有行人、车辆

某只鸽子

它飞过你时停顿了一下

大街空旷

大街笔直

寂静是用来吓人的

给你消失

在大街上

魔鬼的头像

可以换回半饱的胃和

另一半的反胃

黑的牙和黄的手指

给你经书

你查阅上帝的尸体

给你妄想

给你秃顶

给你有图案的帽子

你与你的头发躲在里面

给你一片叶子

赶走一只鸟的鸣叫

给你下夜班的女工

伪装男人的口哨声

给你老鼠在水池下的窜动

今夜

有一把螺丝交给你

以免你的身躯

窗帘一样随风摆布

除非那风就是

命运本身

给你万贯家财

拿走吧。今夜

盗贼被看门人盯住

无路可逃

今夜

看门人醒着

取晨报的人醒了

走廊上

有人匆匆扫着地

一首诗可以写下去

可以写不完

但天快亮了

麻雀鸣叫

灰猫正在回家的途中

天快亮了

某条河撑破薄薄的冰层

某座山在晨练者的剑鞘中

明亮地苏醒

茶鸡蛋熟了

过期的面包已换好

新的包装

窗外，雨水曾密集地落下

世界的皮肤显露毛孔

天快亮了

蚯蚓挤出来

天使做完这些事情

准备离去

随送牛奶的人步下楼梯

夜醒了

写字的纸、钢笔

在回响

撒旦与基督

同时醒来

你也要醒了

灯熄灭

精致的外衣滑在地上

一首诗就要结束

我走过上床的路

去给你

给你我的诗

不给你

对它的打扰

我们身体的形状将贴在一起

2003|08|29 初稿
2005|03|20 定稿

如果我,今天死去

如果我,今天死去
我的儿子活到六十岁的时候,我会成为他的
　女儿
他把我揽进怀里,抚摸我油漆斑驳的外壳,
　想我该是高龄的华发,老泪纵横

如果我,今天死去
我儿子二十岁时,我是他梦想的情人
他用鼻子闻我,捧着我薄薄的诗集,却不翻
　动它,他早已熟记我所有的诗句

如果我,今天死去
我的儿子三十岁了,而我是他一生的挚爱
这永世的英雄,一只手就能把我托起,坐上
　他的马,他要带我游走天涯

2006|11|25

在关闭的屏幕上,你看到

一个独自在家的人
一个伟大的演员
一场蹩脚的室内剧

一个所有角色的扮演者
一个众人
独自的众人

一个人,众所周知

2009|11|12

我离开的地方还在摇晃

我站上月台

看地铁启动。看着你

随地铁而去。看着我自己

被锋利的车窗切过

薄薄的，一片一片

幽灵色的，一个一个

插进鲜亮的人群

你不能看到我，就像

今生你再也看不到我

没人注意我。人群中

没有人

注意我。我看到一张皮囊

我的又一张皮囊

一张比一张面目模糊

一张比一张

接近无辜

一张比一张

目瞪口呆

2010|05 改自旧诗

信

每天都有一些信在途中遗失
它与不信有关
它被风吹进树林,吹向
林中的坟地、墓碑以及碑前的
枯枝败叶
经过光线,它弯了一下
把死亡吹成一个美妙时刻
每天都有一个美妙的时刻
它与信有关
它落向焚烧的落叶。落在
乞丐指尖,落得下落不明
或被狗叼着,进入
动物世界
每天都有一封美妙的信,落在
雨中的路面
就像脚印
尘世被一步一步走远

2010|05 改定

我的诗

我要告诉你一件事
那是我的诗,而你正读到它

我永远不会飞起来,也不会离开,因为我脚
　　踏大地,头顶天空,在为一首诗蓄备足够
　　的阴影

我有一把椅子,它从未发出声响

我有另一把椅子,上面有个屁股印儿。一把
　　没人坐过的椅子,灰尘已把屁股印埋葬

我身上有块疤,小时候我妈打的,长大后我
　　们"亲爱的妈妈"打的。没人见过它,而
　　我随时能够到它。在夜里,它是我的诗

我几乎是由疤构成的。于是,在拐弯处,我
　　浑身闪亮,而太阳刺痛我的眼

我爱上一个藏族汉子,他纠结的长发里黏着

虫卵和经文,当越野车抛锚在雅江。我想
着这件事的时候坐在馄饨摊前,嘴里含着
一只被现实舔过的汤勺

如果你重温《对她说》,请调到 29 分 07 秒,
那儿有我的诗

我的生活需要一场灾难,一场平息灾难的灾
难。需要我的诗

Reinaldo Arenas 早已写出我的诗句,"我
一直是那个愤怒 / 而孤独的孩子 / 总是被
你侮辱 / 愤怒的孩子警告你 / 如果你虚伪
地拍拍我的头 / 我就趁机偷走你的钱包 //
我一直是那个在恐怖 / 腐败、跳蚤、冒犯
和罪恶面前的孩子 // 我是那个被驱逐的
孩子……"

我是那个孩子,"脸圆圆的,显然不讨人喜爱",
我喜爱我的狗,但它死了

我养的小狗一条一条死去，那是我一点一滴
　　的冷

基督死于人，人死于他爱的事物。我该为谁
　　哀悼

我在哀悼。别打扰我

这是我的诗，请别打扰它

2001 初稿
2010|05 定稿

水平线

一旦登高

心就坠向大地

或投身于水

此时,上空,下水

太阳自两个方向

灼伤我,如同两种宗教

落单的白鹭在头顶

转一圈,又一圈

鸟在树林里

莫名地哀号

飞虫们念着经

参差不齐里是私下的虔诚

日日夜夜不间断

永远都在,你看不见

摸不到的地方

荧屏闪着亮雪花

山和树的倒影打着马赛克

这水不大,可它可以

一整个日子归我,单个的一个

它不是名水,有隐性的博爱

机缘要我遇它，就像
某种细微的难以抚触的在我的一生里
某种我的某一段脉搏只跳动它的事物
突然
一条鱼跃起，一块石子落下
波纹是一样的
动静是一样的

2011|08

欢迎来到不死的农庄

只要有星空

我就仰面倒下

很多天以前,我就这样

倒在病床上

淡蓝色被单裹着我

点滴。封锁的新闻。氧气

一点点走失的体温

一本滑落的诗集

一个向下的天堂。好像

瞬间就化作这农庄

我怎么成为这农庄的压寨夫人?

我忘记了我应该忘记的

摩托车拖拉机卡车和汽车

白天曾经从这里驶过

此刻在我身体的下方

积满厚道、热力又潮汐样的命运

在寂静之外

是虫子们各自放歌

是口袋里响一曲

The Foggy Dew

而寂静里有寂静的声音：

我摊放深心

在道路正中

光阴的法则覆向我

好像一张布

被无形的手蒙过来

如果此刻

那真理偶经人世

于群星下碾碎我

飞溅，飞溅

璀璨的骨肉

2011|08

康德在下

"在上是宇宙星空"
在心底,该是什么
1784。异乡人纷至沓来
科尼斯堡是异议的家园
书信往来。他未曾孤单
不必娶妻育子,不必红颜荒情
也不窘迫身子的畸小。那身子
恰合这极简的命运:
读书写书教书。溺书
信奉时间。活得比钟表还精准
像透明、直达的自然
几点起床几点睡几点做工几点饭。每天
午后三点半,总会准时
走来一个不足五英尺的矮子
在栽有菩提树的小路上
光明得不留下一丝影子

像透明、直达的事物那样
问心无愧
上帝便是一个多余

即便行走坟头,也一如穿过天堂
在坟头,登高临远
所有的高处无不多余
貌似古板人,生于科尼斯堡
死于科尼斯堡
不曾离开。不流离失所
在大地像树一样扎根,像枝叶一样
推心置腹:
只要淳朴、和平的此生
就不必脚踩两个世界
而上帝徒步人间
一如既往。一如一个多余

2011|09

视灵者

生而为人时

解惑于力学、哲学、自然科学

修业时代

读诗。听牛顿讲课。兼顾笛卡尔

30 岁前

成为学者。博学者

受惠于神圣的地球理论

学而时习之，温故而知预言

像显微镜。像望远镜

从微粒到解剖直至宇宙

——它们所有将来的光景

他几乎都看得到

在十八世纪他就绘下了

二十世纪的飞行器和潜水艇

——它们详尽的零部件

直到他潜心于血流和大脑

迎来绝境：

他在脑细胞皮层里

见到了自己的灵魂

于是，50 岁后

成为超能力者
灵魂出窍。遍走星空
留下 8 本厚厚的属灵游记
以全部效力于主。以上帝
赐予的无限后路
赐予"今生"一个截止:
他准确无误地
预言了自己的死期

伊曼纽·斯威登堡,死于 1772
生于瑞典斯德哥尔摩

2011|09

你走后,我家徒四壁

我的家曾是一座坟
堆满死人的书
我读书,是给他们
狂热地,给他们
直到你循声而来
把这里栽成一朵巨大的花
那时,你身无分文,心为圣徒
还信着我的神
你在此点燃炊烟。筑建农园
研墨。浇灌。放牧。旋风般撕碎猎豹……
那时,诗行是噬咬着的
上一行成为下一行紧紧地
不能分开
那时,你无名,我便爱着空旷
像爱着濒死人的心,以为我是你
那时,仅仅一次,就能道尽终生

如今,诗行保持绝妙的平行
我衣袖尽空,跟别人没两样

2012|08

在石头下面

0

"在夜里也能听到海浪拍岸的巨响",对于现实,这样说显得夸张。夜里仅仅是能"感受"到惊涛拍岸,寂静时能,起风落雨时能,梦里能……在我幼年寄居的岛屿上,耳边的巨响一定因无所不在的细节暗示而在某个敏感个体里滋长、漫延。

1

我曾听在平原长大的朋友对我说起孩童时对山和海无限地向往、想象,也听过雪山藏区的朋友说起自小就想翻过眼前这座山看看外面有什么,父亲告诉他翻过这座山还是山,别的大人也告诉他那将是一座山又一座山,没完没了。直到那个唯一的出外者归来,改变了叙述。

不同的是,我寄居在小岛上,大海的风平浪静和潮起潮落给了我平原也给了我群山。我看得足够远,能看到变换的蓝与蓝汇于隐约的一线,幸运时还眼见虚无:海市蜃楼。我所能够向往的是去不同的地方看看,看不同的海,我现实的立足点基于一种海岸线。

其实我不曾离开。我生来就是那个"被驱逐的孩子",被弃于孤岛上。我想这就是我写字的命运的基因。在孤岛,对于整个世界,我是唯一的出外者,我是我言说的绝对。这足够的远、这丰富的空旷、这无情、这幸运一见的虚无,恰恰是为了将我引入它的极端,它的另一头,我写作的立足点,基于怎样的卑微、压抑与黑暗之地?

2

2003年写作初始,我写过一篇短文《在石头下面》。

小时候,外祖父盖房子,院子里一下子堆满

石头。朴素又好看的石头是人们从海边的山崖上采来的，带着旧年海蛎子的残骸。外祖父说这些石头已被他计算过，不多不少，正好够盖一间厢房。

近一个月的时间，人们把形状各异的石头拼凑起来，不得已才去改变石头原来的形状。他们是能工巧匠，这点从那些长长的补抹石缝的水泥条纹就可以看出，那些过于曲折的条纹像极了蛇的痕迹。

房子盖好后，院子里多出一块石头，接近正方形。外祖父把它搬到墙根去，摇着头说，它是怎么多出来的呢？

它是怎么多出来的？我想着这个问题，外祖父不再提这事。那块石头在那里，好像它很久以前就在那里一样。也许在外祖父看来建成了房子的石头才是真正的石头，这一块石头不是真正的石头。

我喜欢废弃的东西，因为它们会被我记住。这块石头成了我的凳子和桌子，玩累了我就坐在上面歇息，它吸引我也一点一点吸走我的体温，我在上面捏泥人、一个人过家家，当我趴下用鼻子闻一闻它时，它就散发出旧海水的味道。有时，我坐到对面无花果树粗矮的树杈上，很长时间盯住它看，或者看看其他的东西偶尔也看看它，并想一想它是怎么多出来的。

终于有一天，我把石头半掀了起来，光线一下子照进去。我看到一群西瓜虫、蚂蚁，还有很多很多没有名字的小虫子，它们飞快地逃跑，向更黑的地方——我掀不动的地方。小虫们跑进黑暗，光线下暴露着腐烂的草根、虫皮、死虫子和玉米饼的渣子……后来我就经常去掀动那块石头，看慌乱跑动的虫子，我一边吃力地干着这件事，一边想我长大以后就能搬起这块石头，看小虫们跑到哪里去了。

大约在我6岁的时候,爸爸从城市来到乡下老家,他突然出现在我的面前就像我掀开那块石头一样掀开了我的生活,强烈的光线一下子进来,我睁不开眼睛,我想和那些小虫子一起逃跑,跑到黑的地方去。而我没有力气再将那块石头掀开得更多,那更黑的地方是我最想去的地方。

最终我还是被我的爸爸从石头底下拽出来,带到城里去了。我被彻底地暴露在我不熟悉的光线下,开始了我并不健康的成长。

我后来的绘画和写作都和我的不健康有关。我写作,它是我目前为止可以找到的通往我的石头下面最隐秘的一条路。

3

我写作,我仍在为自己构建个人岛屿,在我离开童年越来越远的地方,我重建它。回归它。

2013|06|26

我曾侍候过本笃十六

远远地看

他着圣服从窗口露出：一幅绝伦的人生标准照

一道自山鹰独眼中射出的亮光照那窗口。刺目

我想靠近他碰他的手

那手握着天国的钥匙

乐师们演奏巴赫、舒伯特

人们从各处涌来。动情。欢呼。拍照

狠狠地，骂他

夜晚他带队穿过永恒之城

星光飞旋像他身体在迸溅

一整座城白花花的。像钱

他曾说当选，是刀锋砍向脑袋

多年后，他会请求离开

交出天国的钥匙——（某种无形的受难）

一个人面对上帝

作为祭坛侍童

清晨六点我在大厅的墓穴上

为神父们更衣。见不到教宗
他步入花园后通道封住。大门闭紧
孩子们在门外踢球

直到我为他拿麦克风,可以
离他那么近。好像要犯一个错误
整个仪式我都在抖
他握住我的手。他在微笑
一个人的微笑
我深深鞠躬。把眼泪流进眼睛里
没有钥匙

2013|08|20

奢侈

阿维农的街角
闪着 H, H, V, M……
橱窗困着一夜空的星星
"奢侈"困着店里
蛊惑人的解说词

当它走进贪婪
就是饕餮。写过量的诗
呼来挥去
拥有六指或多个丈夫

当它靠紧时间
可以什么也不干
要么工作狂
忘我。挥霍。无须醒来

当它把握权力
是帝王。凶歹。逆路。异徒
是失序——公熊吃掉熊崽
是否决——熊崽要活着

当它触动空间
就能够到沙漠，云端，虎穴。无边
在举目无亲的绝症里
建造木屋、火炉、书桌

当它反转
它自我博弈
用森林，返璞，布施
它洗白

拐过阿维农的街角
它是令人晕眩的教皇宫
残存的 14 世纪
干戈。私生子。教皇的地下藏金库
如一村子储存马铃薯的地窖

步下层层台阶
就看到它
在拉手风琴的无眼男人脚下的
毡帽里

2013|08|22

她的教堂

这是她走进的
哥特。巴洛克。古典。新教。异端。现代。家庭
这是她走进的
护佑。阴森。压抑。爱河。高寒之地
这是她走进的
艺术品。耸人听闻。阳具般。罪恶累累的

她进去。虔诚地俯身
她爱地板暗沟里淡淡新蜡气味
石头墙被海水泡过的腥咸味
她还爱常年烛烟气味
爱忏悔帘上的油腻
像摸着长粉刺的脸
湿疹和坐立不安的痔疮
这些昭彰疼痛的肉欲
"用阿门,宣告的无罪"(策兰)

她爱去教堂
爱不得不
紧挨着的一个和另一个孤独

面对消毒液和漂白粉的长袍
听,"我把肉体,奉献给您"
祭坛前震颤着庄严的性感
一遍。一遍
她爱这重复
在每一个可以让恶坦荡
又让罪一览无余的地方

2013|09|13

远

我曾倒在

登珠穆朗玛的路上

12 年后

我从喜马拉雅头顶

缓缓飞过

从远开始的远

又白又冷

我曾倒在那儿

高原上,指尖触碰星星

"远"是垂首。刺目。寒气逼人

西藏是一种远。蓝毗尼

是远于西藏的远

童年是一种远

裹在暗红丝绒里的望远镜也是

寺院是一种远

相爱是。深海是。墓地是

咫尺是。一个人是

离世的心是

我去过很多很多的远

新的远离弃旧的远

真的远

在更远的远处

沉迷不语

2013|09|22

每一个真正的人

每一个真正的人
都是立在这星球上
由神的起重机
在魔鬼的深度里
垒起的高楼大厦

魔鬼袒露的秘密
有着一种向上的诉求
而从N层到底层
每一层都宅住一个神
每个房间都降下了
神的小孩

每一个真正的人
都渴望高高站起
在恰当的地方
他召唤和哀嚎的剪影
是月下孤狼
刺向闪电的剪影

每一个真正的人

都渴望先知般

截获神的字条

饮下第一滴雨

在清晨最早的阳光中

一层一层醒来

（像一条被光捋顺的蛇）

并在漆黑的夜里

最高的和最低的呈同一水平

2013|10|02

骨头王国

一堆，又一堆骨头

在坑里

肢首分离

无法拼凑完整的主人

一堆，又一堆姓名

还原为文字本身

不分贵贱

骨头不曾哭泣

所以难成尘埃

它们曾依附紧密

因此才会永别

麻风病人的尾骨

卡进暴君的下颌

王后深情亲吻

奴才的脚趾

一堆起义的骨头里

有一些懦弱者的

一堆虔诚的骨头中

有一些变节者的

一堆爱情的骨头枯裂如朽木

一堆盲从的骨头滑溜如月光

一堆，又一堆骨头

在坑里

如一支又一支队伍

泼皮带头

妓女压轴

白痴拿着盾

乞丐扛起枪

孤儿是鼓手

冤魂是指挥

没有肝胆可以相照

没有水乳能够交融

没有情谊用来误解

呼啦啦

逼向人世

一堆骨头的力量

无力之力

无法与蚂蚁相比

不在人的欲求中

一堆骨头

在坑里

失去了罪的约定

2014|01|04

最后的女巫

像一只蝙蝠斜挂空中

没有肝脑涂地
没变形
汗毛不凌乱
翅膀张着
肚皮依旧粉嫩柔软
风来了，也不动
不是明信片
不是标本
如此清晰
周围弥散着孤独的清晰：

与上帝较量后的寂静

2014|01|04

黄金的传闻

黄金就要来了
来自深处的秋天
来自植物和斜阳
河面抖动
如教堂的窗玻璃
黄金的河面
黄金的窗玻璃

黄金的深渊
如倒长的爬山虎
营救。追捕。陷入
摧毁——
黄金涨跌
黄金癫狂
黄金的车轮压弯黄金高速
谎言金灿灿地奔跑

家族金灿灿地进化了
黄金的被子
黄金的床

黄金镶嵌门和把手

先生的黄金牙咬弯金筷子

金太太生下金儿女

源源不断的黄金

等人来厌倦

金的菜肴创造了黄金马桶

便秘痔疮前列腺炎，哩哩啦啦

人坐在金马桶上

像被风吹来拂去的花盆植物

发出动物的低吼

看吧，人像植物

发出动物的低吼

复仇金灿灿地来了。来自

从一堆堆死人身上

褪尽的饰物

于是，屁股被金牙咬

被金戒指挖

被金坠子攮

被金镯子拧

流血，流脓，死成了金屁股

看吧，深秋
植物和斜阳
看河面抖动
看黄金到来

2014|01|12

泊

正午的院落

布满残败枝叶的

骤雨刷洗的院落

雨水留在石阶凹处

石阶凹连着凹

雨水留在小径缝隙

如高空俯瞰的交错河流

雨水留在不深的洼地里

在烂掉和光鲜的植物上

在再一次咄咄的太阳下

院落是闪亮无边的沼泽

禅师摘下几片薄荷

热水冲了照顾喉咙不适的施主

一只红花磕瓷的脸盆

屋檐的滴水滴在里面

夹带高处植物的零落

禅师被阴影和距离挡在屋子里

能够感到,他在深处

悠悠晃荡

施主坐在光里面喝薄荷

盯住旧脸盆发呆

水面浮起一只羽翼单薄的蝶

红和黄的色彩像秋叶

另一边漂着一只幼小的苍蝇

摊开绒毛般的细腿

屋檐不断在滴水

水流将它们挤向一个方向

汇于死前的瞬间

它们讶异于彼此

洁净又脆弱地靠在了一起

2014|01|14

善意的世界

我指认苍蝇、蟑螂、黄鼠狼

给肚里的蛔虫下药

可房东只提供猫咪、哈巴狗

骏马图和孔雀毛

我查阅希特勒、兰陵笑笑生

亚历山大大帝

可图书馆只有盘古、宋玉

长孙皇后和玛丽亚

我想去耶路撒冷、阿富汗

伊拉克和金三角

旅行手册给出巴黎、苏杭

好莱坞和新马泰

我越来越喘不上气

可新闻正播报天然氧吧的证词

在去法庭的路上我踩了屎

法官判定是鲜花

我如厕,探监,进太平间

可这世上只有客厅、阳台

花园和澄澈之水

总有一天,人们会把
"万恶"的我千刀万剐
以尽显他们的善意

2014|01|16

劈柴

去劈

长满眼睛的树

去劈

满身伤疤的树

劈那个按照自己的形象

创造它们的主

树的主

去劈

主身上的眼睛

去劈

主的伤疤

它们立在自己的墩上

等待着起泡的手

抡斧头

干净利落

2014|02|06

在产房

血腥的阳光里

我张嘴把你吞下

把亲吻,耳光

吞进去

把交媾中的身体撕开

把混沌的骨肉吞下去

把勃起,吮吸

吞下去

情话也无从投递

和另一个人散步的背影

再没有街灯照亮

就像蜗牛把鼻涕虫吞下

根须钳入悬崖缝隙

《金刚经》把齐奥朗吞下

《神谕女士》吞下《神谕之夜》

鲁尔福吞下巴拉莫吞下巴列霍

蜈蚣吞下三角钢琴,于是

千万根指头呀

吞了巴赫

独裁者吞下了殖民地

在产房

多合理的理由呀

我吞下你

2014|02|06

羁绊

海浪按下

礁石的肩头

我困在

我的椅子里

造念头

缓缓地

太阳在我的脚下

升起

星星也是

似乎那精确的瞬间

是我,在仰头诅咒

而一头枯黄扭动的长发

在我垂下脑袋时

盖住了细水长流的眼泪

在紧要的关口

我成为没有痛苦的形象

端坐。得体

镇守着

每一扇身旁的门

被摸得光滑闪亮

如空气。光线
展开寂静中翻腾的微尘
迎向,那
朝我而来的

2014|02|08

你知道我是谁

我不善于写创作谈,所以我,写一首诗和另一首诗。

我不善于谈论艺术,我不善于谈论任何东西,我善于进入不可言说和不可知的部分。我善于享用免费的午餐。

我对疯子感兴趣,对把作品弄成"疯子"不感兴趣。

常常,我对曾感兴趣的东西失去兴趣,我对新鲜的、变动的事物感兴趣,和时尚、新潮无关,它是一只旧鞋,出现在正被拆除的墙壁里,什么?还有什么,伴随这世界的墙壁无法拆完,或许是一杯白水正被邮寄,地址已浸泡模糊……和谋杀、悬念无关,它们关乎爱情、自由和无果。

我对发誓爱我一生的人不感兴趣,对恨我的人不感兴趣。我感兴趣的是那人随时准备离我而去却终未离去。

我对长相厮守不感兴趣，我感兴趣于长相厮守之后的分离。

2001年4月17日，我写下一首诗，耗尽了我2001年4月17日全部的精力以及我当时所拥有的能量。2006年11月29日，我写下另一首诗，耗尽了2006年那一天我的精力和能量。它们不代表我全部的能力，它们是不等的，可能聚集，可能减退。

我对半首诗感兴趣，对公开称之为"诗"的半首诗不感兴趣。我对批量生产和竞赛写作不感兴趣。

我对你们正关注的事物不感兴趣，我善于暗示你们那些被漠视的。

我善于偷窥走钢丝艺人排练时的绝望，善于

到台下同他们一起放声高歌,我们的共性在于天生崇高。但我仍不是那艺人,在暗处,我的咒语正沿着落物形而上。

在暗处,谎言布满时代,我不善于叙事,它不能穷尽荒谬。我对怀疑感兴趣,它使我犀利。我善于分辨犀利背后的悲凉:一柄月下寒光闪闪的刀,不断地痉挛……我在黑暗面前,诗和无力就在。

我对无力感兴趣。对肃静不感兴趣。

我感兴趣于离散而不会失所。这不可避免地指向了死后的名声,看吧,这条巨型毛毛虫,终于逃离了聚光灯下的尴尬。

我不在意孩子如何长成大人,我在意他在我身边,生命就在我腹中。我在意一个孩子告诉我,柳树是低着头长高的。

我不感兴趣的东西太多，因为生活里没有乐子，我写作。我感兴趣的东西其实很少，我写作。

我接受我不感兴趣的东西，甚至一些令我陶醉。虚荣、世俗、妥协是我的活，而我的死是我的写。你知道我最需要什么。我是谁。

写作，这人世的蠢行，谈论写作，蠢上加蠢。

我生下一个又一个小孩，他们是我的美满。当我的儿女们长到 13 岁，他们将把孤独还给我。

2009|12|29 初稿
2014|07|08 定稿

END

她想结束某件事

她想叫停

随便什么事

她想结束跟某人的关系

随便什么人

随便什么关系

她想结束跟某地的牵连

不管去哪儿都行

她想结束跟自己的纠结

成为另外的什么

而结局早晚到来

对她说:

那是别的什么开始

(2015年出版诗集《向他们涌来》的结束诗)

第三辑

幸存史

误读

如在苦修僧的垫子上
坐着的人
身子往前伛。伛到活人
能伛到的最大限度
即便有雪
盖住他,也不抖掉
他胸腹的小马,也几乎不动
瘦骨身架。腿直挺挺
活像马形蜜糖饼

他是车夫约纳
他对一个军人说
对三个年轻人说
对另一个车夫说
每次说的机会都不放过
他说
我的孩子死了……
回应无非是
大家都得死。加之以
骂声和嫌弃

他便孤身，对自己说
对他的瘦马，他倒着草料
肚子里的话，统统倒出
小马嚼着草
热气哈着主人的手

你读人为什么读
为什么写。契诃夫为什么
在《苦恼》下引用：
"我向谁去诉说我的悲伤"

2018|04|26

预兆

阳台对着一棵树
一大棵
倒杵的扫把
笨拙。不稳
它高于周边所有
也老过各种绿

夜里,我回来
对着它坐下
落下层层细沙
几段碎草
我去过图书馆、礼堂和马场
也走到没有脚印的沙滩
让浪拍,让辽阔虚寂里
星渐生
让一些渐亮
另一些闪动
我小了便
并相信
什么也没留下

之前要出门

海风借由那树翻卷

它摇扭，盲目打着，因自身构造

尤为醒目

大的波动也借由它生

直到风停。夜里

我回来

经历了前面说出的以及

没说出的：后来的迷途

和险境

并再次看到树

它早已定神

在我历经预兆时

2018|05|08

没有你[1]

没有你

阳光照旧

向日葵从不随处见

造物歇息。柏树是柏树。燃烧是燃烧

世态炎凉。众生也方便

即使狂风扭曲每根枝叶

丝柏仍安于树的秩序

不溅出一滴星火

没什么要离开什么

我只是,走出我的黄房子

像我未曾拥有你那样没有你

像从未有过你那样没有你

没有你

星月当空是完美无瑕夜

无情是从善如流的教育

紫色不蓝。田野不蓝。万物从不像海洋

黄金稀释于空,流落世间

---

[1] 纪念 1980 年 7 月 29 日。

乌鸦善变"黑"（好极。坏极。坏极。好极。）
狂风扬起这群死鸟看它们飞
我曾埋下无名，不断埋着
它止不住的形容词
独自，退向黄房子
像我未曾见过你那样没有你
像什么也没有留下那样没有你

没有你
我自把阵风引入星空
用视力，用挥手。引入
不安之外的不安。撼动之余的撼动
被其他被大意被麻木被落下的
别的橙、黄。别的硫磺
绿的墨。以及关于相系的分辨
我埋着"我也"
躲闪着那些指认疯癫的指头
但你是，选中的你装点出发点
一座现实街角的黄房子

那时我沿山路落泪

走回我们的黄房子

没有你

没有你

我有确切的感受：

你曾与我一起

沿路哭

2019|07|29

生在秋天

长在春夏秋冬
此境两相宜
红瓤黑种子。乳瓤米种子
青蓝色葡萄。橙色桃子
桃子色大理石蛋糕
蛋糕色蟹子。海蟹携海,湖蟹带泥
蟹壳花生。豆荚。死不了的绣球花
可以喝一小杯的年龄。吉他课
5线谱5谷5彩蔬菜沙拉
15根蜡烛燃你所愿

诗下这几行,忍不住太多过分

可这是无穷妈妈骄傲的
强大的精神分裂症妈妈
是生命自由意志的妈妈
天使的妈妈孩子的妈妈
是些发疯又藏疯的女人
在悖论在庇护在应对之间
尖顶折断我们晚祈晨祷于枕边

北方霾重我们来南方。至冷时
我们互为火炉
我们互为面包

这是些百变女人,无论
灾年与起义与闪躲窃贼
总能铺展一张繁花盛放的桌布
这是比喻是"爱的教育"是"尊严而悍"
少年的手里有空气画笔
倏然有。创世有
白天有光斑和秋天
夜晚有星斗和秋天
有按捺不住的月萌生在白日未尽傍晚未至之
　　时的秋天
有一个明朗的午后你曾拉我到阳台专门把它
　　指给了我

2019|09|14 初稿
2019|09|17 定稿

两个套盒

上帝在他的造里

造空间的空间：大鱼肚子

造时间的时间：三天三夜

在"要有光"里说：要有忏悔

忏悔室里的人名约拿

一个逃跑被抓回的人

忏悔室有名监狱

人不能逃脱之境名上帝

上帝是人不可逃脱之意

上帝之意是要人不逃脱

约拿在鲸鱼的胃液里

活三天

置不顺从的约拿于绝处

其必顺从于祷告

这是一颗心无期的

这条大鱼有一颗因迷糊而忏悔的心，名约拿

这心在忏悔，"我的心在我里面迷糊的时候"

2019|09|19

泪树

室外机滴答。深夜

你可以高到星星

却不能去到高处

敲响谁的门

当病人哭泣时。Buddha

给他们讲悲伤的事

看悲剧。看舞,所有舞蹈都悲伤

给他们唱悲伤的歌

悲伤的手臂抱无人

无比悲伤

别于刚才悲伤。创新悲伤

尤其是在病人哭泣时。Buddha

像初次的引领

高原雪山失氧,投地

像那时的泪涌

泪涌时,泪不是你的

是洗你此时之泪的泪

是淹没你此时泪的泪

是哭你泪的泪。抱你泪的泪

养你泪树的泪土地

浇你泪树的泪水。Buddha

2020|03|25

要害之地

喝下的毒
几乎是顺应着他,自地里
生长上来:

脚如陷烂泥
小腿瘫软
膝盖哆嗦
身体沉重到站不住
他躺下
那毒盘踞腰腹
横向上升
至胸口

这个追问我们的人
被我们敬爱
被我们抚下了眼睑

这是使我们在的人
深情、坦荡、无畏
却从来不是我们

这就是我们手足的结局
如同我们的死
却不是我们的结局

2020|08|25

心

丢勒有张插画
不好找

托耶稣的底座
一座微型岛
一种冰激凌在化的形态
两只赤脚
带着洞
星角光射
像三柄剑的钝刺
随头压下
沉向小腹和赤脚
病容或抽搐就要看不见
这身体如一只大手
正在握成拳

这样无能又有限的耶稣
不好找

这样身体攥成拳

这样小的

死过的

滩涂般的

壮年耶稣

2020|09|01

拥有它

顺遂时,天马行空空想它
绝境里,困难单独独创它

拥有它,男孩。16 岁
拥有一只虎
名叫 Tiger 叫王叫 Ang Lee
叫"不能说"或说不出叫 God
叫偶尔会悄声叫女人的男人
男人不能够的女人

生命中总有一次你会
在不明夜空
座头鲸闪亮
生命中你总要一个人
在救生艇
造老虎
你的虎,真实不虚
造怒目和长啸
在利维坦爪下
造工具造食物和淡水
喂虎。喂风暴和鲸以虎

喂自己风暴和巨鲸

16岁，男演员苏拉
对着水泵想象汹涌
对着救生艇他启程
对着海难就对着
一只吃人的老虎
对着一无所有他信了"有"：

一只虎：虚拟的真虎

无法描述：只有"我信"

给无形以形：它在：选民是一只虎：

最接近形的无形。且不可触

若没有它
它就是你丢失的

2020|09|17

残酷的画

用笔建归属

为人得其所

光、树木、花丛亦欣然

用家中小钱

帮助同道

互为模特

29 岁。英隽、羞涩的巴齐耶

仅仅来得及

去拥有一场战争

另一个巴齐耶去地下室画大自然

停战。开战。一轮又一轮

计日以期

他可以活到一战

甚至二战

唉,高龄的巴齐耶

画也画不完的风景

偶尔:白茫茫画里痛失亲人

有一张尸体写生:爱人待葬

另一个巴齐耶走避他乡画教堂
画舞会。辗转着。画午餐
画日出。活下来。画裸体
老病时困在轮椅里
手坏掉就绑上5根画笔
画数不清的花

另一个巴齐耶哀求又怒怨
都没打动巴齐耶

子弹穿过的青年巴齐耶
倒进滚烫的泥尘
如同另一个巴齐耶
深深陷入无边的亚麻布

2020|09|29

幸存史 [1]

他开车回家,房舍间

有打斗的火光和嘶叫

家中静寂

深黑里

有一团屏息的邻居

和他的妻儿

打斗声,由远渐远

6岁的儿子念及伙伴

去了街上

人们在灌木的抖动中

摸到他

摆到餐桌上

喊他

餐布红了,爸的衬衣

妈的裙子红了

拧着红毛巾

腥咸。黏稠。渐渐发黑

小孩哑着

---

[1] 取材自1994年的卢旺达种族大屠杀事件。

瞪大的圆眼睛

冰块一样，孤立出去

留下一个暗的

黑的，红小孩

一个不再回应的小孩

在血缘怀里，任由他们

哭喊。不停

翻动他，要找到什么：

不要找到什么

（在葡萄酒厂房

等一颗

"葡萄破碎机弹出的那一颗"）

直到

他被脱光

直到，一声惊呼脱口而出

连绵不绝：

他没有伤口

2022|01|09

水獭救助者

不仅濒危

它是秘密

说它通两个世界

就是说它不属于任何世界

一天任意游泳 4 万米

长有泳镜的眼睛

水中回旋的翅膀

扭晃的柱骨,一截深色的水光

它由无形的无尽的连接件构成

上岸来,放出四肢

即着手融化人类的心

他被水獭捕获

他在医治一只

没有母亲

有伤的獭崽

用心养护,并避免形成依赖

为了它今后野生的自由

他在室外修水池

定制浮漂

训练它

先用小鱼

鲜活的，练习灵活

且要好看，花斑点闪亮的小鱼

练习审美

他训练这片水域的独裁者

这是，这水域的水域正确

这是，这领地的领地正确

"多神奇，它咬伤了鱼，在玩弄它"

"这就是**它的时刻**"

2022|04|07